L'ABBÉ A. ORRY

SOUVENIRS

DE MON

PÈLERINAGE EN TERRE-SAINTE

EN L'AN DE GRACE

1882

DÉDIÉ A M. L'ABBÉ GAUSSENS

Archiprêtre de la Basilique de Saint-Seurin

Vendu au profit des Œuvres ouvrières

PRIX: 30 centimes

BORDEAUX

IMPRIMERIE-LIBRAIRIE DE L'ŒUVRE DE SAINT-PAUL

30, Place Pey-Berland, 30

1882

AVANT-PROPOS

Cette esquisse n'est guère que la reproduction d'une Conférence prêchée dans l'église de Saint-Seurin, pour la fête de sainte Anne, devant la nombreuse et édifiante Confrérie de ce nom. M. l'Archiprêtre de Saint-Seurin, à qui l'on ne saurait rien refuser, désirant que ce récit soit publié, ne serait-ce que pour satisfaire aux demandes des membres de la Confrérie de Sainte-Anne qui le lui ont réclamé, je n'ai pu que m'exécuter, tout persuadé que je suis de la médiocrité de cet opuscule. C'est là mon excuse, et s'il en fallait une autre, je la trouverais dans les demandes réitérées que m'ont adressées nos chers membres des Cercles catholiques. Malgré divers récits et conférences déjà faits sur mon pèlerinage et peut-être à cause de ces récits eux-mêmes, ils désirent avoir comme un souvenir permanent de cette pieuse excursion ; c'est pour moi une nouvelle raison de livrer à l'impression quelques-uns de mes souvenirs : heureux si en procurant à mes bienveillants lecteurs un moment de plaisir et d'édification, je pouvais, par la diffusion de cet opuscule, être un peu utile à nos trop modestes caisses de famille.

INTRODUCTION

Pourquoi, cher lecteur, puis-je espérer que, malgré un assez long intervalle de temps écoulé depuis le grand Pèlerinage national, après tous les récits que vous avez pu en lire ou en entendre, vous voudrez encore vous intéresser à mon discours? C'est que Jérusalem est pour vous, comme pour tout bon chrétien, le berceau de cette Religion qui est notre plus cher trésor en ce monde; c'est que Jérusalem est le cœur du catholicisme comme Rome en est la tête; par conséquent, c'est toujours avec un charme nouveau que ce nom béni doit frapper votre oreille.

En outre, est-ce que le récit d'un pèlerin, par son ton de sincérité et de conviction, n'a pas toujours un attrait particulier, en dépit du style et du mérite de la narration?

Au moyen âge, à cette époque où nos pères si dépourvus de moyens de locomotion savaient pourtant déjà arriver jusqu'aux Lieux-Saints et y faire des visites plus fréquentes que nous, au moyen âge, on aimait partout à se nourrir l'esprit et le cœur des récits des pèlerins d'Orient; on attribue même à ces récits réitérés le mouvement généreux qui a provoqué les expéditions des croisades.

Qui sait si les mille voix de pèlerins qui se font entendre, en ce moment, sur toute la surface de notre pays, les milliers de récits qu'on lit dans les journaux ou les revues périodiques, ne provoqueront pas chez nous et dans toute la chrétienté un saint zèle d'abord pour la visite et plus tard pour la délivrance des saints Lieux?

Qui sait si nous sommes loin du jour où, au cri de « Dieu le veut! » des foules immenses ou du moins des armées nombreuses se ligueront contre le Croissant, pour lui arracher la possession de ces lieux bénis qu'il retient dans une si déplorable captivité?

Voir en effet les monuments les plus précieux de notre foi entre les mains des infidèles qui les exploitent comme une source de lucre sordide! Ne pouvoir vénérer ces Lieux-Saints qu'en achetant à prix d'argent la tolérance d'un brutal mahométan ou d'un cupide schismatique! Quelle souffrance pour une âme pieuse, pour un cœur vraiment chrétien! et cela dure presque sans interruption depuis douze cents ans, et surtout sans protestation efficace, depuis six siècles que l'Islam s'est cramponné comme un chancre aux Lieux-Saints.

Ah! quand on se reporte par la pensée à six cents ans en arrière, et qu'on repasse dans son esprit tous les efforts tentés alors pour la délivrance de la Palestine, comme on bénit les Papes d'avoir inspiré les croisades! comme on félicite les nations catholiques qui ont accompli ces grandes expéditions militaires et religieuses! comme l'on désirerait, avec les ressources de tout genre que nous possédons aujourd'hui, voir revivre un grain de la foi de nos pères! Quels prodiges n'accomplirions-nous pas!

Disons en passant que le gouvernement français, à la suite de la guerre de Crimée, n'a eu qu'à exprimer un désir pour acquérir la propriété de l'église et de la maison de sainte Anne, dont nous parlerons tout à l'heure : mais n'anticipons pas.

Dire, qu'il y a, par le monde, des gens, des auteurs réputés sérieux, qui se plaisent à dénigrer les croisades des xie, xiie et xiiie siècles et surtout à nier leur utilité et leurs résultats pratiques! Ceux-là n'entendent rien à l'esprit, au sens chrétien. Mais, alors même que le résultat des croisades eût été nul, ne seraient-elles pas à admirer et à approuver comme exemple de courage et de dévouement patriotiques donné au monde présent et à venir? N'était-ce pas, du reste, comme un besoin d'expansion pour ces temps de foi et de zèle religieux, comme l'a été, dans ces derniers temps, le dévouement des zouaves à l'égard de la Papauté?

Il y aurait un magnifique rapprochement à faire entre les soldats de Lamoricière, Charette, Kansler et les troupes de Tancrède, Godefroi et Saint-Louis. C'est l'élite de la noblesse européenne avec ce que la classe bourgeoise et ouvrière possède de plus pur qui s'est donné rendez-vous à Rome autour du trône ébranlé de Pie IX. De même, au temps des croisades, ce furent des empereurs, des monarques célèbres, des princes valeureux, la plus grande partie de la noblesse qui, avec leurs meilleurs vasseaux, se donnèrent rendez-vous en Orient.

Joignez-y tous ces sultans célèbres, de Babylone, d'Antioche, de Nicée, d'Égypte, d'Alep, de Damas, qui se signalèrent par des prodiges de valeur. Vingt peuples, en un mot, luttant avec une rare intrépidité; cent batailles fameuses, quels spectacles, quels souvenirs! Or, au milieu de tout cela, ce qui dominait toutes les pensées et préoccupait tous les esprits, c'était la conquête ou la conservation de la Ville sainte, objet et but de tant d'efforts héroïques.

Quoi d'étonnant que, depuis lors, malgré l'affaiblissement de la foi, il se soit toujours trouvé des âmes assez généreuses et ardentes soit pour aller visiter les Lieux-Saints, soit pour y instituer des œuvres pies destinées à la régénération de cette terre devenue barbare? Et aujourd'hui, dans ce siècle qui, malgré ses hontes et ses bassesses, sera pourtant appelé le siècle des grandes audaces, faut-il s'étonner du mouvement qui porte nos cœurs et nos aspirations vers l'Orient ?

Plus que cela, depuis 1852, tous les ans, des caravanes de vingt, trente, cinquante pèlerins se dirigent vers la Terre-Sainte, à travers mille dangers et au prix de fatigues considérables.

Enfin, n'y a-t-il pas lieu d'espérer que l'exemple donné cette année par le *Pèlerinage national de pénitence* portera ses fruits et sera le prélude d'une série de pèlerinages annuels qui prépareront le grand œuvre de la délivrance des Lieux-Saints.

Pour mettre plus de suite dans mon récit, je réserve pour le chapitre de la maison de sainte Anne tout ce qui concerne cette sainte et qui figurait au commencement de la conférence prêchée à Saint-Seurin.

SOUVENIRS

DE MON

PÈLERINAGE EN TERRE-SAINTE

EN L'AN DE GRACE 1882

Avant d'entrer dans le récit de notre voyage, qu'il nous soit permis de donner ici quelques détails géographiques et ethnologiques qui sont nécessaires pour la bonne intelligence des lieux et de nos réflexions.

La distance de Marseille à Jaffa, premier port de descente des pèlerins de Terre-Sainte est de 2,113 milles marins qui équivalent à 3,913 kilomètres.

De Jaffa à Caïpha, port de débarquement du nord de la Palestine situé au pied du Carmel, il faut compter quatre heures de navigation.

Ensuite, du Mont-Carmel à Jérusalem, à travers la Galilée, la Samarie et une partie de la Judée, on ne compte pas moins de 50 lieues qu'il faut parcourir à pied ou à dos de cheval, d'âne ou de mulet ; le chameau sert surtout au transport des bagages et pour affronter les fatigues d'un voyage à dos de chameau, il faut être à l'épreuve du mal de mer, le mouvement de marche du dromadaire ressemblant beaucoup au tangage d'un navire.

La population de la Palestine ne dépasse guère un demi-million d'habitants, parmi lesquels on compte à peine 20,000 catholiques ; les Grecs séparés sont au nombre de 30,000, les Juifs, 25,000 ; ensuite on compte 6,000 Druses, 8,000 Métoualis, 2,000 Arméniens, tout le

reste est musulman. On entend maintenant par Musulmans soit les *Syriens* qui sont la population indigène de
la Palestine, soit les *Arabes,* une caste un peu nomade et
moins civilisée, soit les *Turcs,* parmi lesquels sont pris
les fonctionnaires du gouvernement.

Il faut observer que les Metoualis et les Druses sont
comme des sectes séparées parmi les Mahométans. Quant
aux catholiques, nous comprenons dans cette dénomina-
tion les Latins, les Maronites, les Grecs et Arméniens,
les Cophtes et Syriens unis, c'est-à-dire obéissant au
Souverain-Pontife.

Sans autre préambule, nous commençons notre voyage
en épargnant au lecteur bien des détails qui seraient
peut-être curieux, mais d'une importance secondaire.

Je n'omettrai pas de dire que j'étais monté sur *Picardie,*
c'est-à-dire le plus mauvais ou le plus incommode des
deux vaisseaux.

Picardie a été construite il y a quelque dix ans ; alors,
comme aujourd'hui, elle était bonne marcheuse, lorsqu'il
prit fantaisie à je ne sais qui, de la faire couper en deux
et de la faire allonger, par le milieu, d'une bonne moitié.
Elle n'en était pas plus apte à loger cinq cents pèlerins
avec une quarantaine d'hommes d'équipage en plus : je
concevrais qu'on la chargeât d'un pareil nombre d'émi-
grants pour nos colonies ou d'amnistiés de Nouméa,
comme dans ces derniers temps, mais des pèlerins, se
nommeraient-ils pèlerins de la Pénitence nationale,
méritent mieux que cela parce que c'est les exposer,
sauf l'hypothèse d'un miracle, à mourir en chemin, par
suite du mauvais air. Sur *Guadeloupe* l'on était un peu
moins mal, et voilà tout.

Qu'il suffise de savoir que la traversée, qui a duré huit
jours, du vendredi matin au vendredi soir (1) à trois
heures, n'a été ni calme ni commode.

(1) C'est le jour et l'heure de l'entrée des Croisés à Jérusalem
au xıᵉ siècle.

Le mal de mer supporté pendant un jour et demi n'est que la moindre de nos épreuves.

Quoi qu'il en soit, depuis notre visite au sanctuaire de Notre-Dame de la Garde à Marseille où commençait véritablement la période du pèlerinage, nous avons offert l'image d'une vraie communauté religieuse. Sans parler de quelques grandes cérémonies, telles que la plantation et l'adoration de la Croix sur le navire; l'ouverture du mois de Marie; l'Adoration perpétuelle, etc.; la plus grande partie de nos journées se passait en exercices religieux. Dès le dimanche, 30 avril, tous les malades à peu près étaient guéris. Le beau temps et le soleil étant revenus, on dressa sur le pont une immense tente : un autel fut érigé au milieu des cordages, des mâts et des canons et à six heures du matin se célébra la messe du pèlerinage. Tous, à l'exception de quelques prêtres plus valides et à la tête assez solide pour tenter de dire la messe à des autels improvisés, laïques et prêtres communiaient au même autel, au même Sacrifice, après avoir récité des prières communes et chanté le même *Credo*. Oh! le *Credo* sur la mer, qu'il était touchant à entendre, lorsque nos cinq cents voix se mêlant au bruit du vent et des flots proclamaient entre deux abîmes, celui du ciel et de la mer, qu'il existe une puissance supérieure à tous les éléments, celle du Dieu des chrétiens, de ce Dieu que nous adorions, que nous aimions alors, il faut bien le dire, plus purement qu'à aucune autre époque de notre vie (1)!

Si nous aimions Dieu davantage, il en est de même de nos semblables. Après les premiers moments de froideur compliquée de dérangement physique pour la plupart des pèlerins, nous sentîmes la gaieté revenir avec les rayons du soleil et nous fîmes vite la connaissance

(1) Je ne parle que de ce qui se passait sur *Picardie;* mais sur *Guadeloupe* c'était le même régime, les mêmes exercices et le même esprit.

les uns des autres. Quand on va en pèlerinage, il n'est
pas difficile de s'apprécier et de s'aimer; aussi la plus
franche cordialité s'établit-elle aussitôt parmi nous;
c'étaient plutôt les liens de la charité chrétienne qui
allaient tous les jours se resserrant pour ne plus se
rompre jamais. Nous étions vraiment comme les chrétiens de la primitive Église : « *cor unum et anima una.* » Il
y avait là des Vicaires généraux, des missionnaires
apostoliques, de vénérables curés et vicaires de la ville
et de la campagne; en un mot, nous comptions, partagés
entre les deux bateaux, près de cinq cents prêtres, plus
de deux cents dames et trois cents messieurs de toutes
les classes de la société. Au milieu d'autres noms hono-
rables, je citerai MM. Baral de Barets, Lacroix et le séna-
teur de Belcastel, beau vieillard bientôt septuagénaire
dont la parole de feu nous a plus d'une fois électrisés.

Autour du noble marquis et du T. R. P. Picard, le
vénéré directeur du pèlerinage, une foule de jeunes gens
du meilleur monde s'étaient groupés et leur servaient
d'aides de camp. Sans aucun doute, à les voir, on les
dirait de la trempe de ceux qui allèrent jadis en Orient
au cri de : « Dieu le veut ! » Le courage ne leur man-
querait certainement pas pour faire revivre les anciens
Croisés. Mais que les temps sont changés ! Le colosse
musulman n'est plus qu'un cadavre pourri, et maintenant, il suffirait d'un régiment d'infanterie et d'une
batterie d'artillerie pour prendre Jérusalem.

Je ne perdrai pas mon temps à dépeindre les mille
péripéties et les souffrances de notre traversée : l'esprit
de foi, qui régnait parmi nous, nous empêchait de trop
nous y appesantir. Que sont huit jours de souffrances
pour arriver à ce qui était le but de nos désirs, à Jérusalem ? Du reste, la triple récitation du chapelet chaque
jour, le Chemin de la Croix prêché toujours avec un
nouveau charme par le P. capucin Marie-Antoine, les
prédications du soir, quel *sursum corda !* C'était plus qu'il

n'en fallait pour nous tenir constamment le cœur et les pensées en haut.

Pendant la traversée assez peu intéressante, nous saluerons en passant les îles de Malte, de Candie, de Chypre qui nous rappellent les hauts faits des chevaliers de Malte, primitivement appelés les Hospitaliers de Saint-Jean de Jérusalem : ces braves chevaliers, derniers demeurants des Croisades, créés d'abord pour la sécurité des pèlerins, avaient vaillamment défendu le nom chrétien contre l'invasion mahométane : ce n'est que devant des forces dix fois supérieures que de Jérusalem ils s'étaient retirés, en combattant, à Chypre, à Candie, puis à Malte où ils soutinrent un siège à jamais célèbre. Napoléon, en 1798, abolit cet Ordre fameux en s'emparant de l'île de Malte : depuis lors, il ne subsiste plus que comme une relique du passé et un ornement auprès du Souverain-Pontife dont il forme la garde d'honneur dans des circonstances exceptionnelles comme les Conciles, les canonisations.

Ces trois îles sont les seuls points de la terre où nos yeux ont pu se reposer pendant tout le voyage, lorsque enfin, au huitième jour, un vendredi, vers trois heures, nous entendîmes crier : « Caïffa, la Terre-Sainte, la Terre-Sainte ! » C'était bien elle : la montagne du Carmel était devant nous, et c'est à ses pieds que nous devions débarquer pour en faire la première étape de notre pèlerinage (1). En un clin-d'œil, l'ancre est jeté et nous voyons partir du port une dizaine de barques conduites par de vigoureux Arabes : c'est dans ces barques que nous abordâmes à Caïffa. Chacune d'elles s'approchait du navire et recevait cinquante pèlerins, c'est-à-dire quarante hommes et dix dames ayant à leur tête un chef de groupe : lorsque la barque était remplie, elle s'éloignait du

(1) *Guadeloupe* avait gagné quelques heures sur *Picardie* dont la machine avait subi des avaries; ses passagers étaient déjà sur la route du Mont-Carmel.

navire au chant de l'*Ave maris tella*. Jamais, depuis six cents ans, ces rivages n'avaient retenti de chants aussi nourris et aussi enthousiastes.

En touchant à cette terre bénie nous nous prosternions avec ensemble pour la baiser à genoux et par là gagner l'indulgence plénière. Or, chose étonnante, il n'y avait là, parmi des milliers de curieux, aucun Arabe libre-penseur qui songeât à sourire : au contraire, notre attitude religieuse, chose si peu commune chez les Français en voyage, frappait vivement les fils du prophète et nous attirait visiblement leur sympathie.

Le mahométisme, après tout, est plutôt une secte religieuse qu'un corps de nation ordinaire, et c'est moins avec des armes matérielles qu'avec le levier de la prédication évangélique qu'il faudrait essayer de jeter à terre cet édifice déjà vermoulu. La religion, avec ses dogmes et ses pratiques, prime tout dans l'esprit de la plupart des Mahométans.

J'ai vu plusieurs fois, non sans émotion, deux moukres ou palefreniers qui suivaient à pied ma monture en Samarie, s'asseoir sur l'herbe, à l'heure du campement, et là, pendant que nous prenions notre réfection, ils passaient joyeusement leur temps à faire assaut de citations du Coran, comme deux anciens collègues de Lycée citeraient leurs auteurs favoris, ou comme deux élèves de théologie des extraits de l'Écriture : cela semblait les préoccuper beaucoup plus que leur nourriture qui consistait souvent en quelques *chardons* et oignons cueillis çà et là sur la route. Autre détail qui donne la mesure de leur esprit religieux : deux fois, au plus fort de la chaleur, après de longues heures de marche à travers le désert, j'ai offert à mon moukre, bien connu comme *le plus basané de la troupe,* une goutte de boisson fermentée, et deux fois j'ai éprouvé un refus formel et vivement accentué. Il est vrai que cela ne l'a pas empêché de me voler, en gardant l'argent que je lui donnai pour m'acheter des citrons dont le besoin était urgent par cette température brûlante (1). Mais qui sait ? c'était peut-être encore par esprit religieux, c'est-à-dire, en haine de ces chiens de chrétien.

De Caïffa nous montâmes au Carmel en deux heures : là, une dizaine de RR. PP. Carmes, la plupart Français et Français expulsés, parmi lesquels le P. Marie-Antoine si connu à Bordeaux, nous reçurent et nous hébergèrent tous au nombre de mille et plus, pendant deux nuits et un jour. Je n'ai pas besoin de dire que, si les vivres ne firent pas défaut, il manqua bien des choses au service et à l'ameublement : ce n'était pas la faute de nos hôtes généreux.

Bâti au sommet du Mont-Carmel, le monastère est assurément le plus beau de l'Orient; il est même plus beau que le Mont-Cassin en Italie, et comparable à notre Mont-Saint-Michel; il a surtout des vues splendides sur les montagnes de la Galilée et sur la Méditerranée. Qu'il fut doux à nos cœurs français et chrétiens, ce séjour du Mont-Carmel, montagne biblique et française à la fois, où nous nous figurions être en compagnie d'Élie et d'Élisée qui semblaient revivre après trois mille ans, dans ces grottes, qu'ils aimaient tant, à cause de leur pieuse solitude et où ils nous ont laissé les premières traces du culte de la Très Sainte Vierge. Le samedi, jour de la Très Sainte Vierge, fut tout entier passé en exercices de piété, dans ce lieu qu'on peut regarder comme le berceau du culte de la Mère de Dieu; là un grand nombre de pèlerins reçurent le saint habit du scapulaire. C'était comme un nouvel insigne de croisade ajouté à la croix rouge que nous avions tous reçue à Notre-Dame de la Garde des mains de l'évêque de Marseille.

Ce n'est qu'à regret, que, le dimanche matin, vers

(1) Le citron a dû sauver la vie à plus d'un pèlerin : rien de tonique dans les climats chauds comme la limonade. Aussi de tous côtés entend-on ce cri : « *Limoun, Limoun,* du citron, du citron. » Dieu met ainsi toujours le remède à côté du mal.

cinq heures, après avoir entendu la sainte messe et reçu le pain des forts, nous descendîmes la montagne pour nous diriger : les uns, peu nombreux, directement vers Jérusalem en suivant la route la plus courte, c'est-à-dire, en regagnant le port de Jaffa qui se trouve à peine à une journée de marche de la Ville sainte; les autres, au nombre de près de neuf cents, vers Nazareth à travers les montagnes de la Galilée.

Il y aurait à faire un curieux tableau de la caravane qui se forma au pied du Carmel. Qu'on se figure une nuée de bêtes de somme, chevaux, ânes et mulets, dont chacun de nous devait se choisir la sienne et s'installer dessus à ses risques et périls. A peine une cinquantaine de moukres ou de palefreniers se trouvaient là gardant ces animaux réunis par groupes de vingt ou trente : les chameaux se trouvaient à part, les uns hurlant sous le faix des colis dont on les chargeait, les autres calmes et tranquilles et nous regardant fixement comme des points d'interrogation.

Ma peur était de me voir dirigé vers une de ces montures monstrueuses : heureusement, les dromadaires n'étaient destinés qu'au port des bagages ; du reste, les indigènes eux-mêmes n'y montent que rarement : c'est à peine si j'ai eu deux fois la satisfaction de voir quelques indigènes, je ne dis pas portés, mais ballotés par des chameaux.

A Caïffa, tout le monde eut sa monture, mais l'installation de la caravane fut longue et laborieuse, d'autant que, il ne faut pas l'oublier, nous avions avec nous plus de deux cents dames dont plusieurs avaient dépassé la première jeunesse : celles-là firent, un peu à leurs dépens, l'essai des cacolets ou mannequins de voyage. C'est ici le lieu de payer à cette portion du pèlerinage un tribut d'admiration et d'éloges. Bien que, jusqu'à ce moment et, dans la suite, elles aient été l'objet des récriminations d'un certain nombre de pèlerins qui ne voyaient

en elles qu'une cause de gêne et d'embarras, on doit
leur rendre cette justice qu'elles ont mieux, et plus
patiemment surtout, supporté les fatigues du voyage.
Ainsi, pendant les huit jours qu'a duré la traversée de
la Galilée, la Samarie et la Judée, quoiqu'elles n'aient
eu rien à envier aux hommes sous le rapport des chutes
et des mille incidents du voyage, elles n'ont pourtant
subi aucune avarie sérieuse. Personne, du reste, n'a
subi autre chose que des fatigues et des incommodités passagères : c'était vraiment, comme on l'a appelé,
un voyage *miraculeux*, c'était la marche du peuple choisi
vers la terre promise : Jérusalem à cette heure était bien
la terre promise.

Quoi qu'il en soit, c'était pour nous autant que pour
les populations environnantes un étrange mais édifiant
spectacle que ces huit ou neuf cents pèlerins couverts
de grands manteaux et de capuchons blancs et s'avançant
à cheval, un à un, sur une ligne de trois ou quatre kilomètres, à travers des monts et des rochers escarpés où
nos montures glissaient souvent et menaçaient de s'a-
battre avec nous sur les pierres roulantes.

Enfin, après une longue journée de pénible chevauchée
a travers les montagnes de Zabulon et de Galilée qui
n'ont d'intéressant que leur nom, nous arrivâmes au
coucher du soleil à Nazareth.

Nazareth (*la fleur,* en hébreux), s'élève gracieusement
sur le flanc d'une montagne dont la pierre blanchâtre
fait admirablement ressortir la verdure des palmiers
et des orangers qui l'entourent. C'est une ville de six
mille habitants dont la moitié environ sont catholiques,
le reste est musulman. Pendant que nous stationnions
à l'entrée de la ville par une température de près de
quarante degrés, tout à coup, du milieu de ce bosquet
de fleurs et de verdure, une cloche à la voix argentine
nous annonça l'*Angelus*. L'*Angelus* à Nazareth, où le
grand mystère de l'Incarnation s'est accompli, quels

souvenirs! quelle poésie, quel repos au milieu de nos fatigues!

Nazareth est, ainsi que Bethléem, dont nous parlerons plus loin, une des rares villes où le culte catholique ne soit pas entravé dans ses manifestations extérieures. Je me hâte de dire qu'on n'y trouve plus tout entière la maison qu'habita la sainte Famille; une partie, la chambre où apparut l'Archange Gabriel, fut transportée au XIIIe siècle par les Anges à Lorette, en Italie, où j'ai pu la vénérer plusieurs fois; c'est une des excursions chères aux étudiants de Rome en vacance. A Nazareth, l'emplacement de la *Santa-Casa* est occupé par quatre murs de marbre.

Au-dessus de la Grotte de Nazareth encore parfaitement conservée dans tous ses détails se dresse une magnifique église desservie par nos chers PP. Franciscains: c'est là, dans cette église et dans la Grotte même qui lui sert de crypte, que nous avons célébré nos cinq cents messes et avec quelle douce émotion! Comme les chants y sont suaves, les voix des enfants fraîches et harmonieuses, les figures des indigènes en général calmes et douces! on ne peut s'empêcher d'en faire la remarque: c'est le type si expressif de la Vierge perpétué à travers les âges.

Après la visite à la Grotte, où l'on retrouve à la fois et la chambre de la Vierge et le foyer de la sainte Famille, on voit, à quelques pas de là, l'atelier de saint Joseph où travaillait le divin Maître durant les années de sa vie cachée: c'est une simple et toute petite boutique dans le genre de celles qui l'entourent aujourd'hui.

L'on montre encore dans le voisinage de la cité l'endroit, la montagne d'où les Juifs voulurent précipiter Jésus-Christ, puis une fontaine dite de la Vierge où l'on va puiser de préférence à toute autre, même en dehors des cas de maladie.

Mais n'oublions pas que Nazareth n'est qu'une étape

et que nous sommes à quatre journées de marche de Jérusalem.

Je ne parlerai guère du reste de notre voyage : les jours se suivaient et se ressemblaient à peu de choses près ; toujours mêmes fatigues, mêmes incommodités, mais en même temps même entrain courageux. Nous nous disions qu'étant les pèlerins de la Pénitence, nous devions savoir gaiement supporter et les vices de nos montures (elles en sont cousues), et le manque de bonne nourriture, et le défaut de sommeil, et surtout le poids d'une chaleur pour la plupart des pèlerins inouïe, excessive. — Ce qui ne contribuait pas peu à nous distraire de la pensée de nos fatigues, c'étaient les souvenirs bibliques que nous rencontrions à chaque pas.

La Bible, oh ! qu'elle nous a paru belle et intéressante sur le théâtre même des événements qu'elle raconte ! Est-ce qu'elle n'est pas toujours ainsi pour quiconque la lit et la relit ? Hélas ! Que vont devenir les connaissances bibliques avec le nouvel enseignement dont on nous affuble ? Par haine du vieux enseignement des ignorantins, on va faire de nos enfants des ignorants, même en géographie : et pourtant il serait bon de connaître celle de l'Orient aujourd'hui !

En sortant de Nazareth, nous passâmes au pied du mont Thabor où nous n'avons pas eu (au moins pour la plupart) le loisir de monter pour y vénérer, avec les Franciscains qui occupent le sommet, la trace des pas de Notre-Seigneur Jésus-Christ transfiguré. Plus loin, nous saluâmes du regard le lac de Tibériade ou mer de Génésareth, si célèbre par les discours du Messie. Après les monts Hermon où le Jourdain prend sa source, nous avons cotoyé les monts Gelboë où périt le roi Saül avec ses trois fils : nous nous plaisions à constater que les malédictions de David n'avaient pas eu sur ces montagnes un effet trop désastreux. En face, c'était Cana, puis la petite ville de Naïm et ensuite la grande et belle plaine d'Esdrelon d'une longueur de douze lieues : il n'est pas étonnant que les troupes des Philistins s'y soient souvent rencontrées avec les Israélites.

Je ne cite que pour mémoire la station d'El-Fouleh où au milieu de la plaine, par un soleil de tropique, nous avons pris notre réfection et quelle réfection ! en face des ruines d'un château des Templiers ; trois quarts d'heure après, nous nous remettions en route : c'était du reste notre régime quotidien. La Cie Cook seule pourrait dire pourquoi, contre l'usage et contre la raison, nous étions forcés de voyager ainsi au plus fort de la chaleur.

Le soir, à la nuit tombante, après une étape de sept à huit heures, nous mettions pied à terre (combien qui déjà l'avaient fait plusieurs fois et avaient dû mener leurs montures par la bride pendant de longues heures) à Djenine, la ville aux *dix lépreux*, où nous fûmes précisément reçus de première main, par une quantité de malheureux du même genre, et nous en n'avons pas fini avec ce triste spectacle.

Au point où nous sommes arrivés, nous avons déjà quitté la *Galilée* et nous nous trouvons en pleine Samarie ; nous traversons tour à tour les pleines illustrées par les victoires de Barac et de Débora ; nous longeons les murs de Béthulie, patrie de Judith, aux pieds de laquelle s'étend l'emplacement du camp d'Holopherne.

Cette journée, une des plus pénibles par la longueur des étapes et la chaleur de la température, fut des plus fécondes en heureuses rencontres ; le soir, nous faisions, à cheval, une halte autour des belles ruines de l'église de Sébaste qui renferme encore le tombeau de saint Jean Baptiste : Sébaste est l'ancienne Samarie où, 900 ans avant Jésus-Christ, l'impie Achab élevait un autel à Baal.

Cette ville ne fut que le second siège du royaume d'Israël. Le premier fut Sichem, ville jadis fameuse et aujourd'hui une des plus considérables de la Palestine.

Elle porte le nom de Naplouse. Naplouse ou Sichem est la ville de la Samaritaine et du puits de Jacob qui n'en est éloigné que d'un kilomètre. L'Évangile nous raconte que toute cette ville se convertit au passage de Notre-Seigneur ; aujourd'hui ville de 15,000 âmes, elle ne renferme plus que soixante catholiques, dont l'église consiste en une modeste chambre transformée en chapelle et desservie par un pauvre chapelain du pays.

Tout ce que cette ville renferme de curieux c'est une copie du Pentateuque datant du IVe siècle avant Jésus-Christ et que les Juifs samaritains gardent avec un soin religieux. Le rabbin qui nous le montrait faisait vendre à la porte de la synagogue l'image de ce monument d'Écriture sainte avec sa propre photographie, le tout à son profit, bien entendu.

Nulle part, comme à Naplouse, nous n'avons excité la curiosité publique : presque toute la population s'est portée à notre rencontre sinon avec des marques de sympathie, du moins avec une attitude respectueuse ; une caravane anglaise, à quelques jours de là, avait été accueillie à coups de pierres.

Après une nuit passée à Naplouse, sur l'emplacement même où Abraham avait dressé sa tente, nous reprîmes notre marche à travers les monts Hébal et Garizim qui nous rappelaient la cérémonie des bénédictions et malédictions de Josué, puis le premier temple schismatique des Samaritains ; il fut la cause de l'antipathie éternelle qui règne entre eux et le reste des Juifs.

Nous voudrions aller vite, mais comment passer sous silence tant et de si grands souvenirs ?

Nous voici et c'est notre dernier campement à l'ouadi de Sendjil, en face de la vaste plaine de Silo où l'Arche d'alliance déposée par Josué séjourna trois cent vingt-cinq ans ; où, sous la judicature d'Héli, Anna désolée de sa stérilité obtint par ses prières la grâce de donner le jour à Samuel : il n'y reste plus que des ruines.

Nous commençons de grand matin notre dernière étape ; le soleil qui nous éclaire, un peu moins chaud, mais toujours radieux, nous conduira à la Ville sainte ; toute notre pensée est là ; à peine, pendant quelques moments de halte vers midi, donnons-nous un regard à Béthel, où Jacob eut la vision de l'échelle mystérieuse. Amos avait dit : « Béthel sera réduite à rien (1). » C'est cela, sauf quelques ruines assez remarquables. Ensuite c'est El-Bireh, où la sainte Vierge s'aperçut de l'absence de son Fils, âgé de douze ans, à son retour de la fête de Pâques ; c'est Gabaon, où Josué arrêta le soleil ; c'est le mont Scopus, où le grand prêtre Jaddus reçut Alexandre le Grand. Enfin, il était six heures, lorsque, sous les pâles rayons du soleil couchant, nous apercevons comme une vaste enceinte couronnant une série de collines et elle-même surmontée de coupoles et de minarets : c'était bien elle, oui, c'était la Ville sainte tant désirée : « Jérusalem ! » s'écrient nos guides. « Jérusalem ! » ce mot court de bouche en bouche jusqu'au bout de la caravane : aussitôt la plupart sautant à terre et tombant à genoux, d'autres se dressant sur leur bête de somme, tous récitent ou chantent à l'envie le psaume *Lætatus sum*, « Je me réjouis, nous allons entrer dans la maison du Seigneur. »

Rien de tristement imposant comme l'aspect de cette ville maudite de Dieu : un grand voile de deuil semble planer sur elle ; aux alentours, point de verdure et de végétation : quelques touffes d'herbes maigres et jaunes avec quelques oliviers rabougris, voilà ce qui reste de la fertilité de ce sol où coulait le lait et le miel selon le langage de l'Écriture.

Après une descente périlleuse à travers des pierres mouvantes et des aspérités de terrain où nos montures avaient peine à se tenir debout, nous sommes reçus à la porte de Jaffa par le consul français entouré de ses cavas

(1) Amos, v, 5.

et de la garde turque envoyée gracieusement à notre rencontre par ordre du Sultan de Constantinople. Je dis bien, la *garde turque* : elle venait former comme une escorte d'honneur autour des nouveaux croisés, entrant à Jérusalem !

A la vue de cette procession triomphale que nous faisions à travers les rues de Jérusalem, je ne pouvais m'empêcher de me rappeler tristement ce qui se passe dans la France catholique : quel contraste et quel renversement !

Le Ville sainte que nous allons parcourir en détail, est bâtie sur une colline géminée dont le double plateau pourrait contenir une ville à peu près aussi grande que la nôtre ; les ruines de l'ancienne Jérusalem qui subsistent encore en partie permettent de juger qu'elle était immense. La nouvelle Jérusalem, construite sur le même emplacement, est entourée de murailles comparables à celles de Rome ; du reste, ces deux cités ont entre elles bien des traits de ressemblance. Isolées toutes les deux et reposant sur des collines, elles semblent dire au monde : « Nous ne sommes pas faites pour passer sous le niveau commun et subir le joug des puissances profanes ; nous devons vivre en souveraines indépendantes, isolées, dominant les bruits de ce monde comme notre histoire domine l'histoire de tous les peuples. »

A Jérusalem bien moins qu'à Rome nous devons nous attendre à de brillants spectacles. La plus grande partie des maisons sont basses et malpropres, les rues sont étroites, souvent très longues et obscures comme des caves. C'est une ville passée au moule de l'abrutissante civilisation ou plutôt de la barbarie mahométane ; c'est bien la ville maudite et que le Seigneur a délaissée. Une seule chose y est immortelle : la mémoire de ce Jésus que les Juifs ont voulu arracher de la terre des vivants ; tout le reste est confusion et solitude. Le judaïsme lui-même, bien que les Juifs affluent de plus en plus à

Jérusalem (1), le judaïsme y est agonisant, et lorsque tous les vendredis les Juifs sont allés pleurer (quelques-uns à prix d'argent), près de la caserne turque où se trouve un pan des murs qui formaient l'enceinte de l'ancien temple de Salomon, ils s'en retournent mornes et desespérés. « Le Messie est venu, » disent quelques-uns d'entre eux, « mais il nous a maudits, nous sommes des brebis sans pasteur. » Et ces aveugles ne savent que pleurer leur réprobation, sans songer à implorer la miséricorde de Dieu, parce que pas un ne se rappelle la parole qui explique tout : « Que son sang retombe sur nous et sur nos enfants. »

En arrivant à Jérusalem, malgré l'heure avancée et un temps considérable passé à décharger les montures et à se mettre en rangs, nous allâmes faire notre première visite au Saint-Sépulcre : c'est l'endroit le plus vénérable des Lieux-Saints, il était juste de commencer par là. D'apparence extérieure il ne faut pas en attendre beaucoup : à peine un portail de forme ordinaire comme enchassé dans les maisons environnantes nous indique l'entrée de ce Saint des Saints par excellence : là, passant devant un corps de gardes turcs qui détiennent les clefs de l'église, nous allons droit à un petit édicule de marbre construit au centre et sous la lanterne d'une vaste coupole, C'est là le Saint-Sépulcre : il nous est donc permis de nous prosterner auprès de ce monument du triomphe du Christ ressuscité : *Non est hic, surrexit* (Matth, XXVIII, 6). Non, il n'est plus là, mais elle y est toujours cette pierre vénérable qui est l'éternel témoin de son passage. Oh ! quelle émotion, à ce moment incomparable ? Quelle douce jouissance surtout lorsque, un peu plus tard, nous avons pu à loisir vénérer de près la pierre même du Sépulcre, l'auge, le trou du rocher où a reposé immédiatement le

(1) Ils atteignent aujourd'hui le nombre de 12,000. Un des MM. Péreire y possède avec le tombeau des rois, des propriétés considérables.

corps sacré de Jésus-Christ ! Ce précieux monument, et c'est là une cause de tristesse profonde pour nous, est entre les mains des Grecs et des Arméniens schismatiques, qui, pendant une grande partie de la journée et de la nuit, y font exécuter par leurs fidèles des chants tout au plus curieux, et ne permettent aux prêtres catholiques d'y célébrer qu'une ou deux messes par jour ; cependant tout le monde peut y entrer à certaines heures pour y prier contre la pierre même du tombeau ; cette pierre a la forme d'une banquette, élevée d'un mètre à peine au-dessus du sol ; la dalle qui la couvre est une dalle empruntée ; la véritable est entre les mains des Arméniens, à l'église de Saint-Jacques ; du reste, la chapelle qui contient le Saint-Sépulcre est tapissée d'or et d'argent et éclairée par quarante-trois lampes dont treize appartenant aux Franciscains.

Malgré tout l'intérêt qui s'y rattache, on comprend que nous ne nous étendions pas davantage sur cette première étape : nous devons être court. A côté du Saint-Sépulcre, quelques vingt pas plus loin, sous la voute de la même église, mais sous une coupole différente, se dresse le mont du Calvaire. Le Calvaire ou Golgotha, oh! colline adorable que nous avons gravie si souvent, où il nous a été donné plusieurs fois d'offrir la sainte Victime, là, à l'endroit même où Elle fut pour la première fois immolée, il y a bientôt dix-neuf siècles, à côté de cette cavité encore intacte, où la vraie croix fut érigée avec son précieux fardeau : c'est là aussi qu'on voit la fente du rocher produite miraculeusement par le tremblement de terre, au moment où Jésus-Christ expirait. Là encore se dresse l'autel du *Stabat* à l'endroit même où la sainte Vierge vit mourir son divin Fils.

S'il est, dans la vie, des moments d'émotion, de joie intime, de jouissance secrète et profonde qu'on ne saurait oublier, assurément ce sont ceux que j'ai passés sur la sainte montagne ou bien auprès du Saint-Sépulcre.

Et cependant, que d'émotions nouvelles nous attendent au dedans comme au dehors des murs de Jérusalem !

Pour plus de suite, je commence par le mont des Oliviers, par où l'on arrive habituellement.

La montagne de l'Ascension est séparée de Jérusalem par une vallée étroite et profonde où coule le torrent de Cédron : c'est la célèbre vallée de Josaphat où, selon la parole du prophète Joël, « Dieu assemblera tous les peuples... et entrera en jugement avec eux » (Joël, III, 2). Vingt minutes suffisent pour descendre et remonter jusqu'à la ville.

Si nous ne faisons que passer au mont des Oliviers, nous n'aurons garde d'oublier le magnifique spectacle qu'on aperçoit de là, en se tournant vers l'Orient. C'est le Jourdain, c'est la mer Morte dont on croit voir les eaux verdâtres à quelques centaines de pas bien qu'elles soient en réalité à trois jours de marche, et quelle marche ! Dans la même direction, mais tout au pied de la montagne, c'est Béthanie où nous avons pu visiter le tombeau de Lazare parfaitement conservé près des ruines de la maison qu'il habitait avec ses sœurs Marthe et Marie. Que de souvenirs il nous faut laisser de côté, faute de temps, même à Béthanie! A chaque pas, comme à tous les coins de rue, nous rencontrons un vestige de monument, une ruine dont le nom seul nous pénètre jusqu'au plus intime de l'âme.

Après avoir vénéré, sur le mont des Oliviers, abritée sous un minaret (1), la trace visible que laissa le pied de Notre-Seigneur au moment de l'Ascension ; on voit, à quelques pas plus bas, l'endroit où il enseigna le *Pater* aux Apôtres : des Carmélites françaises vous y offrent généreusement un agréable pied à terre ; plus loin, c'est

(1) Petit monument assez semblable à une tourelle, autour de laquelle règne une galerie : c'est là que plusieurs fois par jour le muezzin ou crieur public monte pour annoncer l'heure de la prière aux mahométans.

une galerie souterraine transformée en église et où fut composé le *Credo* : je ne parle que pour mémoire de ce qu'on appelle la crète *Viri Galilæi*, du rocher où l'Archange Gabriel annonça à Marie sa mort prochaine, de celui qu'on appelle le rocher de l'Assomption, c'est-à-dire celui où saint Thomas reçut le manteau de la sainte Vierge, au moment où il la vit monter au Ciel : ce manteau est aujourd'hui soigneusement conservé à Prato, en Toscane. Mais voici que nous approchons de la ville et d'abord du jardin des Olives où Notre-Seigneur vint souvent et en particulier la veille de sa mort avec ses Apôtres. Combien de fois avons-nous visité le jardin de Gethsémani pendant dix-sept jours passés à Jérusalem ! Ce jardin renferme les Oliviers aux pieds desquels Notre-Seigneur passa une partie de la nuit de son agonie : il en reste encore huit sur neuf qui existaient alors. Ces arbres sont énormes, le plus gros a jusqu'à huit mètres de circonférence ; ils ne vivent que par l'écorce, laquelle est pourtant assez légère : si l'on n'y voyait des branches et des feuilles, on les prendrait facilement pour des quartiers de rochers, car ils en ont la tournure et la couleur. Pour leur conserver autant de vigueur que possible, on ne leur laisse que peu de bois : tout celui qu'on en retire, en les élaguant au printemps, est soigneusement conservé pour être donné aux pèlerins.

A la distance d'un jet de pierre du jardin, sur la droite, nous découvrons à fleur de terre la grotte où Notre-Seigneur se retira pour prier plus à l'aise : elle est là, cette grotte, mesurant une dizaine de mètres de long sur sept ou huit de large et renfermant trois autels où l'on peut offrir la sainte Victime, à l'endroit même où « *il lui vint* (à Notre-Seigneur) *une sueur comme des gouttes de sang découlant jusqu'à terre* (1). » La tradition place tout à côté le lieu où reposa pendant trois jours le

(1) Luc, XXII, 44.

corps de la bienheureuse Vierge Marie. Quelle magnifique église a dû être bâtie en cet endroit par sainte Hélène, puisque la crypte qui en reste est si remarquable : c'est une grande croix latine dans le bras droit de laquelle se trouve le vénérable tombeau de la vierge : il est taillé tout entier dans le roc vif en forme de banquette et abrité par un édicule plus petit mais semblable à celui de Notre-Seigneur. Depuis Juvénal, évêque de Jérusalem au ve siècle, combien de pieux pèlerins ont vénéré ce tombeau et en ont perpétué le culte jusqu'à nous !

Dans la même crypte et comme vestibule de ce tombeau, on vénère ceux de saint Zacharie, saint Joachim, sainte Anne et saint Joseph. La vallée de Josaphat est sans contredit la plus illustre nécropole du monde. Avec tous les tombeaux précités, elle possède encore ceux de Josaphat, des rois de Juda et celui que l'on remarque le plus, celui d'Absalon qui domine la vallée avec sa coupole en forme de pyramide.

En face est l'emplacement du palais de David et celui du temple sur le mont Moria tout près du mont Sion. A la place du temple, qui fut complètement rasé par Titus, s'élève la célèbre et remarquable mosquée d'Omar. C'est un vaste bâtiment de forme octogone et surmonté d'une coupole ; l'intérieur est couvert en entier de petits carrés de faïence encadrés par des versets du Coran écrits en lettres d'or. Voilà ce qui a remplacé le fameux temple de Jérusalem dont il ne devait pas rester pierre sur pierre. La mosquée est là comme un signe éclatant de la malédiction divine : c'est l'abomination de la désolation prédite par le prophète Daniel.

Mais revenons ou, plutôt, continuons à suivre la voie douloureuse qui, à proprement parler, commence au jardin des Olives. De là, le divin Maître fut conduit au palais de Caïphe, chez Pilate et chez Hérode. Des palais de Caïphe et d'Hérode, il ne reste plus que des ruines.

Il subsiste encore du palais de Pilate quelques construc-
tions habitées par le gouverneur actuel de Jérusalem.
C'est là, sur ces derniers vestiges du Prétoire, que la
piété des fidèles place la première station. Aujourd'hui,
elle se trouve dans la cour même de la caserne turque.
Il n'y a pas quarante ans, il eut été téméraire de s'y
hasarder. Que les temps sont changés ! Au lieu des
avanies et des insultes auxquelles il eût fallu s'attendre,
on nous a laissé la liberté la plus complète jusqu'à nous
permettre de pénétrer au nombre de mille, portant avec
nous les deux grandes croix de nos bateaux, semblables
en longueur à celle de la Passion. Quant aux soldats
qui s'y trouvaient alors en grand nombre, ils n'ont su
que nous regarder avec un étonnement mêlé de respect
et même d'émotion.

Ce que nous avons fait là nous l'avons fait partout ;
dans les rues de la ville comme dans les monuments
profanes, nous avons pu nous mettre à genoux, nous
prosterner les bras en croix, chose que nous pratiquions
surtout aux diverses stations de la voie douloureuse ou
du chemin de la croix.

La plupart des stations sont en plein vent et à peine
marquées par une pierre et une inscription ; les cinq
dernières se trouvent dans l'immense église du Saint-
Sépulcre, bâtie par sainte Hélène où nous avons déjà
vénéré le tombeau du Christ.

Qui pourrait dire toutes les impressions qu'on ressent,
toutes les réflexions qui vous viennent dans ce pieux
parcours ? Rien de fécond, dans ce genre, comme la voie
douloureuse.

Je ne m'arrêterai que sur un point célèbre et intéressant entre tous les autres : c'est près de la première
station, la gracieuse église de l'*Ecce Homo,* construite
par les soins du P. Marie de Ratisbonne.

En 1856, arrivait à Jérusalem ce Juif de haute naissance, converti à Rome, à Saint-André *delle Frate,* à la

suite d'une apparition de la Très-Sainte Vierge. Dans son désir de convertir ses anciens coreligionnaires, il voulut élever un monument d'expiation là où son peuple en délire avait prononcé les mots de la malédiction qui pèse sur lui depuis dix-huit siècles : *Sanguis ejus super nos et super filios nostros.* Après bien des démarches, par une permission de la divine Providence, le révérend Père put acheter le terrain qui renfermait la plus grande partie de l'arcade de l'*Ecce Homo*, ancienne entrée d'honneur de la citadelle Antonia et du palais de Ponce Pilate. Cette entrée, composée d'une triple arcade, était précédée d'une place publique à larges parvis, comme l'indique son nom Lithostrotos, espèce de forum où le peuple traitait ses affaires avant de les faire régulariser par la magistrature romaine. Une partie de ce forum dont nous avons vu les dalles magnifiques, est couverte aujourd'hui par le sanctuaire de l'*Ecce Homo*. D'où vient ce nom ? — On le devine, c'est que du haut de l'une des trois arcades Pilate prononça les fameuses paroles : « *Ecce Homo !* Voilà l'homme ! » Grâce aux empiètements des particuliers sur la voie publique, ce qui faisait autrefois partie d'une place, d'un très vaste forum est devenu une rue étroite ; c'est grâce aussi à ces empiètements que nous possédons dans l'intérieur du sanctuaire, avec un des deux arcs latéraux, une partie notable de l'arc majeur ; de plus, sur l'arc latéral que renferme l'église, se remarque une corniche qui supportait une galerie ou tribune d'où, sans aucun doute, Pilate a présenté l'Homme-Dieu au peuple. C'est contre cet arc latéral qu'est adossé le maître-autel de l'*Ecce Homo*, composé de fragments des dalles du Lithostrotos. La divine Providence avait éternellement décrété que ces pierres témoins des cris de mort de la multitude, feraient un jour entendre les chants expiatoires des descendants de ces mêmes Juifs, et les voix angéliques de cet Ordre religieux des Dames de Sion, institué pour la conversion des Israélites. Quand sur l'autel de l'*Ecce Homo* le précieux sang de Jésus-Christ jadis livré par Pilate apparaît dans le saint calice, le ministre de la nouvelle alliance demande, lui aussi, que ce Sang précieux retombe, mais en pluie de miséricorde, sur les Juifs et sur leurs enfants, et, il y a là, tous les jours, derrière les murs du sanctuaire, une école gratuite, publique, mais ni obligatoire ni laïque, où des centaines d'enfants catholiques, mahométans, israélites entendent répéter les accents de la prière expiatoire. La consécration à peine terminée, à la messe quotidienne, une mélodie vient frapper votre oreille, mélodie touchante et plaintive qui, par trois fois séparées par une minute de silence et en s'élevant graduellement à chaque intonation répéte ces paroles du Christ : *Pater, dimitte illis, non enim sciunt quid faciunt.* Oh ! si l'univers entier répétait cette voix douloureuse du sanctuaire de l'*Ecce Homo*, l'univers serait sauvé. N'est-ce pas pour les Juifs et Jérusalem l'annonce et le gage d'une conversion et d'une réhabilitation prochaines ?

Mais j'ai hâte d'arriver à la fin de ce récit qui ne doit pas dépasser le cadre d'une esquisse, en terminant, comme je l'ai promis par quelques lignes sur sainte Anne : je n'oublie pas que mon opuscule s'adresse tout particulièrement à une Congrégation de ce nom.

Jérusalem qui, nous l'avons vu, possède le tombeau de la sainte Vierge, garde encore son berceau dans la maison de sainte Anne et saint Joachim, située non loin de l'emplacement du temple, tout auprès de la Piscine probatique, aujourd'hui près de la mosquée d'Omar. Quoique ces pieux époux eussent leur demeure habituelle à Nazareth, ils possédaient cependant une maison à Jérusalem (la maison de leurs ancêtres), selon l'expression de saint Jean Damascène, où ils descendaient pour la célébration des fêtes de l'ancienne alliance *et ils étaient tous les deux assidus au temple*, qui était proche. C'est dans cette maison en partie creusée dans le rocher,

en forme de grotte, suivant l'usage du pays, qu'ils pas-
sèrent les dernières années de leur vie et qu'ils rendirent
le dernier soupir. C'est donc à la fois le plus vénérable
foyer après celui de Nazareth, comme c'est après Bethléem
le berceau le plus illustre, celui où la Mère de Dieu après
4,000 ans d'attente fut conçue et vint au monde ; c'est là
par conséquent que l'*aurore du salut* s'est levée sur le
genre humain. Telle est la tradition constante de Jérusalem et de tout l'Orient : catholiques, schismatiques,
musulmans, y ont toujours cru et y croient encore,
sans aucune exception. On n'a pas, il est vrai, de monuments écrits pour l'histoire des Lieux-Saints pendant
les trois premiers siècles de l'Église, mais il faut se
rappeler que l'Orient est par excellence le pays des
traditions fidèles et sûres, lorsque ces traditions se
trouvent être, comme pour le sanctuaire dont nous
parlons, constantes et universelles.

Au reste, la vénération des fidèles aussi bien que la
haine des mécréants ont attiré dès le principe l'attention
de tous sur chacun de ces lieux bénis, de telle sorte que
le doute et l'incertitude n'ont jamais pu exister sérieu-
sement sur ce point.

Une tradition ancienne et fort répandue en Orient
veut que les disciples des prophètes, établis sur le
Carmel où ils inaugurèrent le culte solennel de Marie,
aient, dès le premier siècle, transformé en oratoire la
demeure de Joachim et d'Anne à Jérusalem, pour y
honorer les touchants mystères de la Conception immaculée et de la Nativité de l'auguste Vierge. Cette tradition primitive se trouve d'ailleurs sanctionnée, dès
l'origine, par le culte unanime des fidèles et par les
écrits des premiers Pères de l'Église d'Orient. Il est
certain que les chrétiens y construisirent tout d'abord
une chapelle sous le vocable de la Nativité de Marie.
Plus tard, par suite des bouleversements successifs dont
la Terre-Sainte a été le théâtre, une nouvelle église

s'éleva vers le ix⁰ siècle sur les ruines de la première et comme on y transporta, pour un temps, de la vallée de Josaphat où ils étaient ensevelis, les restes de sainte Anne et saint Joachim, elle changea son nom en celui de sainte Anne qu'elle porte aujourd'hui.

Cette antique basilique restaurée et agrandie par les Croisés, fut avec le Saint-Sépulcre, le seul monument chrétien de la Ville sainte qui échappa à la dévastation générale, après la prise de Jérusalem, en 1187, par Saladin. Ce sultan la transforma en mosquée, ce qui la sauva d'une ruine certaine. Mais par une permission toute spéciale de Dieu, la grotte où Marie vint au monde fut respectée, et le Sauveur ne permit pas que le berceau de sa Mère immaculée fut souillé par la secte impie de l'islamisme.

A toutes les époques, ce sanctuaire a été l'objet d'une vénération et d'un culte universels, et tous, chrétiens et infidèles s'estiment heureux, encore aujourd'hui, de pouvoir emporter une parcelle du rocher qui sert de paroi à cette maison bénie.

Il est intéressant et consolant à la fois de suivre, à travers les âges, l'histoire de cet auguste sanctuaire, où le culte de Marie-Immaculée a pris naissance, et où il s'est perpétué dans le cœur des fidèles, malgré l'occupation sept fois séculaire des musulmans. Ceux-ci en sont, en effet, demeurés les maîtres jusqu'à la guerre de Crimée, et, on ne l'a pas assez remarqué peut-être, c'est dans le courant même de l'année où fut défini le dogme de l'Immaculée-Conception que l'humble demeure où Marie fut conçue sans péché et mise au monde par sainte Anne a été délivrée et rendue par la France au nom chrétien.

Ce sanctuaire est aujourd'hui confié à la garde des missionnaires d'Afrique, fondés par S. E. Mgr le cardinal de Lavigerie, qui y dirigent une école apostolique pour les Grecs unis ou catholiques.

Nous éprouvions une douce satisfaction à aller et

venir sur ce sol foulé jadis par les pieds d'Anne, de Joachim et de leur sainte enfant; là, du moins, l'œil catholique n'est point blessé par la présence du schisme orgueilleux ou de l'infidélité musulmane; rien n'empêche le cœur de se laisser aller à toutes les effusions de son amour, de sa félicité et de sa reconnaissance.

Nous arrêtons ici notre pérégrination à travers les monuments et les souvenirs pieux de la Ville sainte; aussi bien n'ai je promis qu'une esquisse de mon pèlerinage; j'ai voulu donner au lecteur une idée d'ensemble de la Terre-Sainte et de Jérusalem en particulier, mais si j'ai pu, dans un aussi court travail, retracer sommairement les diverses phases et rencontres de mon voyage, il m'a été impossible de faire saisir la grandeur et la force des impressions que j'en ai rapportées : quels souvenirs ineffaçables laisseront dans mon âme les messes célébrées sur le Calvaire et auprès du Saint-Sépulcre, dans la grotte de l'Agonie, à l'endroit de la Flagellation, sous l'arc de l'*Ecce Homo,* surtout aux autels du *Stabat* et du Crucifiement qui étaient plus accessibles, enfin sur le mont des Oliviers, le jour de l'Ascension, comme près du Cénacle, sur le mont Sion, au jour de la Pentecôte.

O nuit délicieuse passée en partie sur le Calvaire, en partie dans le Saint-Sépulcre; malgré ce nombre trop grand de schismatiques qui nous assourdissaient de leurs exclamations incessantes, malgré le peu de recueillement qui nous y était laissé, jamais je n'oublierai l'impression de tristesse pieuse et d'amoureuse compassion que j'y ai ressentie.

Et cette veillée sans pareille faite auprès de la Grotte de Bethléem, qui pourrait en dépeindre les touchantes émotions ! Là, en embrassant mille fois le rocher de la Grotte où le Messie est venu au monde pour nous, je comprenais mieux que jamais la parole de saint Paul:

Apparuit benignitas et humanitas Salvatoris (1); elle a apparu la bonté personnifiée dans l'humanité du Sauveur.

Au point où j'en suis arrivé, je ne puis m'empêcher de dire un mot de la célèbre petite ville de David située à deux heures de marche de la Ville sainte.

Rien de plus gracieux que la cité de Bethléem vue de la route de Jérusalem au-dessus de la vallée qui fut jadis le champ de Booz : cette ville, de près de six mille habitants, dont plus de la moitié sont catholiques, non seulement respire une paix et un calme qui ne sont pas ordinaires, mais encore elle a un air de prospérité et d'abondance tout particulier ; c'est là que se fabriquent en bois et en nacre la plupart des objets de piété de la Terre-Sainte ; toute la campagne environnante y est cultivée et fertile et les rues de la ville ont un cachet plus moderne qu'ailleurs. Mais, hélas ! à Bethléem encore il faut partager nos visites et nos heures d'adoration avec les schismatiques qui possèdent la grotte proprement dite de la Nativité et ne nous ont laissé que celle de la Crèche, à deux mètres de distance ; ce voisinage est l'occasion de rixes fréquentes, et, pas plus tard qu'en 1873, les PP. Franciscains ont été assaillis par deux cents Grecs schismatiques ; aujourd'hui l'on est tranquille, sous la garde d'un soldat turc. Pressé d'arriver au terme de notre voyage, nous ne pouvons que signaler à Bethléem la grotte du Lait si chère aux mères qui allaitent des enfants ; celle des Pasteurs où retentit le *Gloria in excelsis*, et enfin à quelque distance, les vasques de Salomon, bassins immenses qui alimentent, dans la fameuse vallée d'Aïn Artase, au centre de l'*Hortus conclusus* ou jardin fermé, le *Fons signatus* la fontaine scellée de l'Écriture.

Bethléem et Nazareth également habités en majorité par les catholiques, également cultivés et prospères, sont en Palestine comme deux oasis préservées de la malédiction générale.

(1) Tit., iii, 4.

De Bethléem on revient souvent à Jérusalem par Saint-Jean *du Désert*, c'est ce que nous ferons pour saluer au moins la grotte de la Nativité du Précurseur, le seul saint dont on célèbre la Nativité dans l'Eglise, après la sainte Vierge. La grotte où naquit saint Jean est aujourd'hui une modeste chapelle comme la maison où sainte Elisabeth reçut la visite de la sainte Vierge est, un peu plus loin, une élégante église ; là, nous vénérons donc en même temps le sanctuaire du *Benedictus* et celui du *Magnificat*, c'est-à-dire les saints lieux où ces deux cantiques ont retenti pour la première fois.

A Saint-Jean, nous retrouvons les Pères et les religieuses de Marie de Ratisbonne ; ils contribuent puissamment, là comme ailleurs, à recommander le nom et la foi des chrétiens. On y trouve un orphelinat de jeunes filles des plus prospères.

Nous sommes à Saint-Jean *de la Montagne*, c'est tout dire en un mot : rien de plus agreste et de plus sauvage ; à peine quelques mauvaises huttes pour abriter sept cents habitants, tous, sauf une centaine, sectateurs du Coran, mais sympathiques pourtant aux PP. Franciscains qui sont la providence de ce coin du désert. Ceux-ci, bien que peu fortunés, offrent au voyageur une hospitalité toujours généreuse et pleine de bonne grâce.

Malgré leur dénûment, leur pauvreté, leur isolement, on envierait le sort de ces bons religieux constitués par la Providence les gardiens des Lieux-Saints. On voudrait, comme eux, passer sa vie auprès de tant de pieux monuments de notre foi. Bienheureux, disions-nous, ceux que Dieu appelle ici pour y fournir ou y terminer leur carrière !

Et lorsque, après quelques jours passés à Jérusalem, nous perdîmes l'un des nôtres, un vénérable prêtre d'Angoulême, M. l'abbé Chambeaud, au moment où nous lui faisions de pompeuses funérailles, en déposant son corps dans le cimetière catholique situé si heureusement au pied du mur du Cénacle, nous répétions tous de bon cœur cette parole : « *Fiant novissima mea horum similia* (1). » Ah ! si notre dernière heure pouvait être aussi heureuse que la sienne ! Moins heureux ont été quatre autres prêtres ou religieux que nous avons perdus au retour, et dont nous avons eu la douleur d'ensevelir les corps dans la mer.

Quelle consolation puissante à offrir à leurs proches et leurs amis, si nous avions pu leur dire que ces victimes de propitiation choisies entre tant d'autres avaient, du moins, laissé leur précieuse dépouille sous les murs du Cénacle comme leur frère.

L'une des quatre dernières victimes était un prêtre du diocèse de Bordeaux, à peine âgé de trente-six ans, plein de zèle et de piété ; il a vu venir la mort sans peur, je dirai même qu'il l'a reçue comme une aimable messagère du Ciel. Déjà à Jérusalem il en avait comme un pressentiment. Obligé de garder la chambre, il priait ses amis d'aller prier souvent pour lui au Saint-Sépulcre : « Tout est là, » disait-il, « vous saurez plus tard pourquoi. » Peut-être en pensant à sa mort prochaine voulait-il dire que c'était là pour lui l'image de ce qu'il attendait et surtout la source de la grâce qui, après le creuset du tombeau, devait lui ouvrir les parvis éternels. Pour nous, ses amis, ses confrères de pèlerinage comme ses compatriotes et frères en Jésus-Christ, prenons pour nous cette parole vraiment inspirée d'en-haut.

Oui, nous aussi, prosternés en esprit devant ce tombeau si vénérable du Christ ressuscité, disons de même : « Tout est là ! »

Tout est là pour chacun de nous ; c'est un gage d'espérance, car il nous promet la résurrection : « *Christus primitiæ dormientium* (1) : » le Christ, dit saint Paul, n'est que les *prémices* de ceux qui dorment le sommeil de la mort et qui ressusciteront comme lui.

(1) Nomb. 23. 10.

Tout est là pour l'avenir de chacun d'entre nous, mais tout est là surtout pour l'avenir de notre pays. Oui, il y a quelque chose de providentiel dans l'inspiration qui a inauguré les pèlerinages de pénitence en Terre-Sainte ; celui de 1882 n'est que le commencement d'une série qui n'est pas près de finir et dont le résultat sera le salut de la France en même temps que de l'Orient.

Dieu qui nous a lui-même appelés à Lourdes pour y demander la santé des corps, à la Salette le salut des âmes, à Rome la délivrance du Souverain-Pontife, nous a montré le chemin de Jérusalem pour la délivrance de notre patrie en même temps que de l'Église. Après avoir été prier, solliciter la Miséricorde divine à Jérusalem, nous aurons le droit de dire à notre Père céleste : « *Domine, ad quem ibimus* (2), » Seigneur, nous n'avons plus où aller, c'est à vous de venir vers nous en Sauveur et Libérateur.

(1) Cor., xv, 20.
(2) Joan, vi, 69.

791 — Bordeaux, Imp. de l'Œuvre de Saint-Paul (O.-L. Favrand), 30, place Pey-Berland.

www.ingramcontent.com/pod-product-compliance
Lightning Source LLC
Chambersburg PA
CBHW060846180626

46818CB00004B/1616